LES PROGRÈS

DE

L'ASTRONOMIE

POËME

PAR M. BOUCHARLAT

Chevalier de la Légion d'honneur,
Membre de la Société philotechnique, de l'Athénée des Arts,
de l'Institut historique,
Et des Académies de Lyon, Bordeaux, Rouen, Marseille, Toulouse,
Nîmes, Caen, Dijon, Mâcon, Nancy,
Orléans, Tours, Nantes, Strasbourg, Amiens, etc.

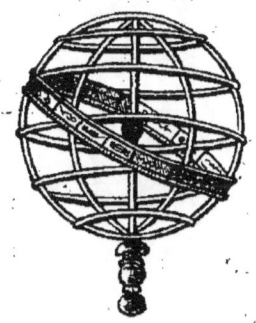

PARIS

CHEZ BACHELIER

LIBRAIRE DE L'ÉCOLE POLYTECHNIQUE
ET DU BUREAU DES LONGITUDES, ETC.
Quai des Augustins, 55

1848.

LES PROGRÈS

DE

L'ASTRONOMIE

POÈME

PAR M. BOUCHARLAT

Chevalier de la Légion d'honneur,
Membre de la Société philotechnique, de l'Athénée des Arts,
de l'Institut historique,
Et des Académies de Lyon, Bordeaux, Rouen, Marseille, Toulouse,
Nîmes, Caen, Dijon, Mâcon, Nancy,
Orléans, Tours, Nantes, Strasbourg, Amiens, etc.

PARIS

CHEZ BACHELIER

LIBRAIRE DE L'ÉCOLE POLYTECHNIQUE
ET DU BUREAU DES LONGITUDES, ETC.
Quai des Augustins, 55

—

1848

Paris. — Imprimerie Panckoucke, rue des Poitevins, 14.

INTRODUCTION.

Dès l'époque la plus reculée on a cultivé l'astronomie, noble étude, si convenable aux méditations des philosophes, et qui, en même temps, est du ressort des poëtes. Un de ceux qui acquirent le plus de réputation en ce genre, parmi les anciens, est Manilius, contemporain de Tibère : il est naturel de croire qu'il dut se ressentir de l'enfance de la science; et ce n'est pas le seul reproche qu'on pourrait lui adresser. Ce poëte partage l'opinion erronée de Ptolémée, que la terre est immobile au centre du monde; mais il en reconnaît la sphéricité et même les antipodes, et lui donne pour soutien dans l'espace un axe immuable autour duquel la machine céleste circule.

Manilius, après avoir émis quelques idées philosophiques que lui inspire le sujet, et qui ne décèlent pas une connaissance profonde de la nature, entre dans une longue énumération des diverses constellations, ce qui occupe particulièrement les cinq livres de son poëme.

Les figures allégoriques et mythologiques introduites dans le ciel par le paganisme, auraient pu tout aussi bien représenter d'autres objets. On sent donc que l'auteur s'écarte de la vérité lorsqu'il tire des rapports moraux de leurs positions respectives, et qu'à l'instar des astronomes égyptiens il leur attribue de l'influence sur les événements de la vie et sur nos caractères. Allant encore plus loin, il tombe tout à fait dans l'astrologie, lorsqu'il croit prédire nos destinées d'après la configuration des astres qui brillent dans le ciel à l'époque de notre naissance.

1.

Virgile, dans ses *Géorgiques,* parle aussi de l'influence des astres sur la terre; mais il le fait avec réserve et une finesse d'observation qui aurait pu servir de règle aux poëtes qu'il a précédés.

Au reste, Manilius a parfois de la verve et de l'imagination : c'est surtout ce qu'on remarque dans ses épisodes d'Orion et d'Andromède.

Aratus, doué de moins d'élévation dans l'esprit, emprunte à Manilius son axe immobile du monde, et se jette comme lui dans une nomenclature fastidieuse des constellations, ce qui n'est autre chose que de la mythologie mise en vers; et il finit par asseoir la voûte céleste sur quatre cercles dans lesquels on reconnaît les tropiques du cancer et du capricorne, l'équateur et l'écliptique.

Nos poëtes modernes se sont élevés bien au-dessus des anciens dans ce qu'ils ont écrit sur l'astronomie; mais, manquant de connaissances dans cette science, ils ne sont restés qu'à la hauteur de nos traités de sphère.

J'avais donc une matière tout à fait neuve à traiter en composant ce petit poëme, dans lequel j'ai cherché à passer en revue toutes les grandes découvertes des savants de notre âge, qui auraient étonné ceux de l'antiquité, et désabusé Socrate de son opinion erronée, que les choses célestes sont inaccessibles à la faiblesse humaine.

LES PROGRÈS

DE

L'ASTRONOMIE

Sous un ciel toujours pur, où les tours de Memphis
Découvraient les palmiers de l'inculte oasis,
Où l'Égypte est deux fois par le Nil fécondée,
Le nomade pasteur, aux prêtres de Chaldée [1]
Sut dérober enfin ce secret précieux,
Que le trident des mers est caché dans les cieux ;
Et, dirigé bientôt par l'Ourse auxiliaire,
Les yeux toujours fixés sur l'étoile polaire,
Le nocher vagabond, épouvantant Thétis,
Porta jusqu'à Sidon le culte d'Osiris.
La nef phénicienne [2], aux colonnes d'Alcide,
Avec des réseaux d'or enchaîna l'Atlantide [3],

Et du mont Abyla [4] vint aux rives d'Ophir [5]

Cueillir l'or corrupteur, la perle et le saphir;

Et Tyr [6], en industrie, en luxe, en arts féconde,

Devint et la merveille et la reine du monde.

Thalès, quittant Milet à la voix d'Amasis,

Cultiva sa raison au temple de Memphis,

Et se hâta d'apprendre à la Grèce étonnée

La cause des saisons [7], la marche de l'année,

Et comment le soleil, inégal dans son cours,

Allonge ou rétrécit et les nuits et les jours.

De mystiques vertus douant en vain les nombres [8],

Pythagore entoura le ciel de voiles sombres,

Peupla d'êtres vivants tous ses mondes divers,

Et pourtant devina l'ordre de l'univers;

Même admit la comète au sillon de lumière,

Parmi les vastes corps, de l'éther la poussière.

Hipparque [9], le plus grand de tous ces demi-dieux,

Dénombra les flambeaux qui brillent dans les cieux,

Du bleuâtre empyrée assigna les mesures;

Et, les bras étendus vers les races futures,

A Newton il cria : Reste encor en repos,

Je vais sur deux mille ans asseoir tes grands travaux.

Mais avant que Newton [10], sublime intelligence,

Sur le vaste horizon courbât son dos immense,

De sa main soulevât l'astre au double croissant

Et commandât en maître au flot obéissant,

Alexandrie encor, du sein de ses ruines,

Devait quinze cents ans voir régner ses doctrines;

Mais son roi Ptolémée [11], au trône du savoir

Arraché par le temps, des cieux se vit déchoir.

Un chanoine germain, un prêtre d'Uranie,

Copernic, renversa cette philosophie

Qu'en des siècles d'erreur au moderne Occident

Du savant Ptolémée imposa l'ascendant;

Et, de Philolaüs interprétant la sphère [12],

Nous expliqua le cours du monde planétaire.

L'astronome germain place au centre des cieux

L'immobile soleil, source immense de feux;

Autour de ce foyer, flambeau de la nature,

Circulent, en trois plans, et Vénus et Mercure,

Et le globe terrestre avec l'astre argenté
Qui prête au sein des nuits sa tremblante clarté.
Dans de plus vastes cieux, parcourant sa carrière,
Mars de son front cuivré réfléchit la lumière ;
Plus tard le télescope, étendant ses longs bras,
A découvert Junon, Vesta, Cérès, Pallas,
Mondes inaperçus, nouveaux astéroïdes,
Du système solaire occupant l'un des vides [13],
Et qui, nés des débris d'un soleil éclaté,
Ne frappèrent jamais l'œil de l'antiquité.
Le brillant Jupiter, par delà ces orbites,
Voit marcher sous ses lois ses quatre satellites ;
Mais le pâle Saturne et le froid Uranus
Habitent de l'éther les déserts inconnus :
L'un roulant son anneau sur sept mondes lunaires,
Et l'autre dominant six astres secondaires.
Ces nefs aux voiles d'or, en l'océan des cieux
Sont de l'astre du jour le cortége pompeux,
Dirigeant à la fois leur course régulière
Vers l'aurore qui nage en des flots de lumière.

Tandis que la comète, astre au sinistre abord,

Au couchant comme à l'est, au midi comme au nord[14],

Suit à pas de géant sa marche vagabonde,

Et, par sa chevelure épouvante le monde;

Puis remonte en son cours près du palais des dieux,

Pour revenir bientôt effrayer nos neveux.

Plus nombreuses vingt fois que nos humbles planètes,

C'est ainsi qu'en tous sens circulent ces comètes,

Qui, d'Apollonius[15] reconnaissant la voix,

Aux courbes qu'il traça bornent toujours leur choix.

Enfin, hors des confins de l'empire solaire,

Mille étoiles, vrais rois de la nature entière[16],

De leurs propres clartés scintillent dans les cieux[17];

Tandis que la planète, astre moins radieux,

D'un éclat emprunté brillant dans l'écliptique,

Chemine obliquement en sa route elliptique.

Copernic entrevit la marche de ces corps;

Képler[18] en devina les étonnants rapports;

Mais du monde Newton démontrant le système,

Lui seul de l'univers résolut le problème.

Galilée, il est vrai, pour la première fois,

De la chute des corps détermina les lois

Huyghens [19] dut un grand lustre à ses forces centrales.

Mais en profond savoir ces puissances rivales,

Mais Descartes [20] lui-même, imprudent Phaéthon,

N'avaient fait qu'annoncer le règne de Newton.

Cependant ce grand homme, en fondant l'édifice

Le plus beau qu'ait construit une main créatrice,

Laissa pour le génie un vaste champ ouvert :

C'est alors que Clairaut, Euler et d'Alembert

Mesurent l'action de ces forces secrètes

Qui, dans leur cours prescrit, dérangent les planètes [21],

Et que du nautonier un burin immortel

Dresse l'itinéraire en des tables du ciel [22].

Vieux de gloire, Clairaut à la fleur de son âge

Descendit dans la tombe, et, pour tout héritage,

A ses contemporains légua ses grands travaux.

Et bientôt, pénétrant dans des sentiers nouveaux,

D'Alembert reconnut quelle force énergique,

Durant vingt-cinq mille ans entraînant l'écliptique,

En fait sur l'équateur rétrograder les nœuds

Dans les douze palais de l'empire des cieux [23].

Bradley, dans l'action de la masse lunaire,

Vit le balancement de l'axe de la terre ;

Et, sur l'orbe du jour Roemer incliné,

A confirmer Newton Roemer destiné,

Des rayons lumineux mesura la vitesse [24].

Enfin le grand Euler, qui recula sans cesse,

Inventeur si fécond, les bornes du savoir,

Sur la plus large base entreprit de l'asseoir ;

Par les yeux [25] de l'esprit expliqua la lumière,

Et franchit en géant cette immense carrière,

Où Lagrange et Laplace, ambitieux rivaux,

Sans Euler et Newton n'auraient point eu d'égaux.

De ces hommes divins perpétuant la race,

Lagrange se laissa devancer par Laplace [26],

Quand ce grand géomètre, à l'esprit curieux,

Eut, dans sa mécanique, ouvert les cieux des cieux.

Mais ce livre sublime, aux enfants de la terre

Apparaîtra longtemps comme un profond mystère [27] :

Ainsi, dans leur orgueil, les prêtres de Saïs [28]

Dérobaient aux humains les secrets d'Osiris [29].

Mais tandis que Laplace, en sa marche rapide,

Nous montre l'univers oscillant dans le vide,

Et par des chocs divers tour à tour emporté,

Sans cesse convergeant vers la stabilité [30],

Ou découvre quelle est cette occulte puissance

Qui sait ranger les flots sous son obéissance [31],

Du monde planétaire élargissant les bords,

Herschel près d'Uranus dirige ses efforts.

Mais en vain le calcul attend que la planète

Aux lois des autres corps à son gré se soumette;

On dirait qu'elle seule ose les révoquer.

Ses perturbations ne pouvaient s'expliquer,

Quand un jeune astronome, en sa sublime audace,

Vient réconcilier le ciel avec Laplace :

D'un astre inaperçu soupçonnant les effets [32],

Leverrier de l'Olympe a surpris les secrets;

De ces corps éthérés la masse et la distance

Sur leurs dérangements éclairent la science :

Renversons le problème, a-t-il dit, et les cieux
Sont prêts à nous livrer l'astre séditieux.
O pouvoir du génie! il met en jeu l'algèbre,
Et l'algèbre rendra bientôt son nom célèbre!
Enfin il a trouvé le point du firmament
Qui, le jour et la nuit, prolongeait son tourment
A l'astronome Galle aussitôt il révèle
Sur de vastes travaux sa conquête nouvelle.
Une planète encor des cieux manque à l'atlas :
Cherchez ici, dit-il, l'algèbre ne ment pas.
Émule de Bouvard, oh! qui pourrait le croire!
Galle court à Berlin, dans son observatoire,
Et son grand télescospe a déjà confirmé
Un fait par le calcul hautement affirmé!
Ailleurs, non moins actif, Herschel des nébuleuses
Parcourt de ciel en ciel les routes ténébreuses [33],
Et, sur l'étoile double étendant son compas [34],
Des mondes de l'espace assigne les États,
Découvrant aux regards d'Arago, qui l'admire,
Que Newton d'Uranie a soumis tout l'empire.

Prévôt, qui dans Genève a fixé son séjour,

Près d'un astre d'Hercule entrevoit à son tour[35]

Le centre où le soleil, devenu satellite,

Avec tout son cortége en l'espace gravite;

Et Cavendish, enfin, par la gloire excité,

De la terre au calcul soumet la densité[36].

De ces grands résultats qui nierait l'existence,

Quand tout semble de l'homme attester la puissance !

Ces merveilles des arts, ces produits éclatants,

Dont le luxe embellit nos rapides printemps,

Que sont-ils à nos yeux? Une longue féerie;

Hé bien! qui les créa? L'homme, par son génie.

Mais jamais le mortel, Titan audacieux,

Ne prit un vol plus haut et ne le soutint mieux,

Que quand tu lui montras, ô divine Uranie,

Ce que peut la raison que ta voix fortifie.

Du suprême moteur, rayon co-éternel,

La raison est un dieu qui marche dans le ciel.

NOTES.

[1] L'astronomie fut originairement cultivée en Égypte par les bergers, qui en gardant leurs troupeaux, profitaient de la fraîcheur des nuits pour contempler le ciel ; mais les observations des Chaldéens furent antérieures. Et si les Grecs allèrent puiser leurs connaissances astronomiques chez les Égyptiens, l'hommage qu'ils leur rendent est, ainsi le fait remarquer Bailly, un préjugé qui dérive de ce que les Grecs les regardaient comme leurs maîtres en astronomie. Au reste, la position des pyramides atteste des connaissances variées dans cette science, et qui devaient être très-anciennes ; car lorsque Strabon alla visiter Héliopolis, il n'y trouva que des prêtres ignorants, entièrement occupés du culte, et qui se moquèrent de l'astronome grec Chéremon, qu'Ælius Gallus avait amené en Égypte.

[2] Les Phéniciens, selon Hérodote, étaient déjà de grands navigateurs à l'époque où florissait le roi d'Argos Inachus. Pline nous apprend qu'ils se dirigeaient par les astres dans leurs courses lointaines ; et Diodore de Sicile affirme que ce sont eux qui, échappés à une tempête et jetés sur les côtes de l'Atlantide, firent une relation de leur voyage, et proposèrent un établissement dans cette nouvelle contrée ; mais que les Carthaginois, dans la crainte d'une dépopulation, s'y opposèrent.

[3] Diodore de Sicile place l'Atlantide dans l'Océan, au delà des colonnes d'Hercule, étant séparée du continent par plusieurs petites îles. Les Atlantes, au rapport de Platon, possesseurs d'une contrée plus grande que la Libye et l'Asie, étaient gouvernés par des rois puissants ; et, dans une irruption, soumirent une partie des peuples de l'Europe ; mais les vaincus rompant leurs fers les repoussèrent avec avantage, et peu de temps après l'Atlantide fut engloutie dans les flots par un tremblement de terre.

[4] Le mont Abyla l'une des colonnes d'Hercule, est dans la Mauritanie.

[5] Ophir, pays riche en mines d'or, que l'on croit avoir été situé sur les côtes orientales de l'Afrique.

[6] Tyr et Sidon, anciennes et célèbres villes de Phénicie.

[7] La cause des saisons provient de l'obliquité de l'écliptique, qui, s'il se confondait avec l'équateur, établirait un printemps perpétuel. Cette

obliquité tend à diminuer, en vertu de l'attraction des planètes, comme l'a démontré Euler, d'accord avec l'observation. (*Mémoire de l'Académie de Berlin*, année 1754.)

[8] Pythagore attribuait aux nombres, des vertus mystiques, qui n'existent que dans les rêves de l'imagination.

[9] Hipparque passe à juste titre pour le plus grand astronome de l'antiquité : il fit des instruments, qui, encore bien imparfaits, lui servirent à mesurer l'excentricité des orbes de la terre et de la lune ; il détermina la durée de l'année, et construisit un catalogue de deux mille deux cents étoiles, dont il fixa les positions dans le ciel ; enfin il remarqua la précession des équinoxes, c'est-à-dire le mouvement rétrograde des nœuds de l'écliptique.

[10] On sait que Newton reconnut le premier que la lune est soumise à la loi de la pesanteur, mesura l'espace dont elle s'approche de la terre dans une seconde de temps ; calcula les marées dues à l'attraction de cet astre ; et enfin expliqua toute l'organisation de l'univers dans son fameux livre des *Principes mathématiques de la philosophie naturelle*.

[11] L'*Almageste* de Ptolémée est le plus beau traité d'astronomie de l'antiquité ; mais ce grand homme tomba dans une grave erreur en croyant que le soleil tourne autour de la terre.

[12] Copernic ne fit que renouveler le système planétaire de Philolaüs.

[13] Titius, professeur à Wittemberg, remarquant que les distances des planètes au soleil sont à peu près comme les nombres 4, 7, 10, 15, 52, 95, 191, chercha à établir une série à laquelle ces nombres pussent appartenir, et il trouva que la suivante répondait en grande partie à son attente :

$$4, \ 4+3\times2^0, \ 4+3\times2^1, \ 4+3\times2^2, \ 4+3\times2^3, \ 4+3\times2^4, \ 4+3\times2^5 :$$

et en effet elle donne pour la distance du soleil

à Vénus, 4 ;
à Mercure, $4 + 3 \times 2^0 = 7$;
à la Terre, $4 + 3 \times 2^1 = 10$;
à Mars, $4 + 3 \times 2^2 = 16$;
à Jupiter, $4 + 3 \times 2^4 = 52$;
à Saturne, $4 + 3 \times 2^5 = 100$;
à Uranus, $4 + 3 \times 2^6 = 196$.

Il y a donc une lacune dans cette série, c'est la distance qui répond à $4 + 3 \times 2^3 = 28$, entre Mars et Jupiter, et c'est à peu près à cette distance qu'on a reconnu que les petites planètes, Vesta, Junon, Cérès, Pallas, et plus récemment Astrée, occupent ce vide du système solaire. Cérès fut découverte à Palerme en 1801 par Piazzi ; Pallas et Vesta le furent par Olbers ; à l'égard de Junon sa découverte fut due, en 1804, à Harding, et c'est Encke qui découvrit Astrée. Mais si la série de Titius mit les astronomes sur la voie de ces découvertes, comme Képler, il n'établit son calcul que sur des inductions, sans rien démontrer.

[14] On trouve des comètes dans toutes les directions ; tandis que les planètes s'écartent peu de l'écliptique, et vont dans le même sens, ce qui porte à croire que ces dernières dérivent de la même origine.

[15] Il est démontré que tout corps soumis à l'action solaire décrit une des quatre courbes du second ordre dont Apollonius a donné un traité ; aussi Laplace croit-il qu'il peut exister des comètes hyperboliques errantes de système en système, dans les mers de l'espace.

[16] L'évaluation de la distance des étoiles à la terre est un problème que l'antiquité a vainement tenté de résoudre, et qui, dans le dernier siècle, n'avait laissé que des incertitudes aux savants. La puissance de nos télescopes et la perfection de nos instruments et de nos méthodes astronomiques nous ont jetés dans une meilleure voie ; toutefois, avec ces nouveaux moyens, on n'est encore parvenu qu'à déterminer les distances de la terre à trois étoiles ; ces étoiles, suivant M. Bravais, professeur de physique à l'École polytechnique, sont :

1°. *Alpha* du Centaure, qui contient environ deux cent mille fois le rayon du grand orbe ;

2°. La brillante étoile de la Lyre, connue sous le nom de Véga qui contient environ sept cent mille fois ce rayon ;

3°. Et enfin la soixante et unième du Cygne, qui se compose d'environ cinq cent cinquante mille fois le même rayon.

Ce rayon du grand orbe étant, dans la moyenne distance de la terre au soleil, de cent cinquante-trois millions de kilomètres, on a donc pour la distance de *Alpha* du Centaure à la terre deux cent mille fois cent cinquante-trois millions de kilomètres ; pour la distance de Véga à la terre sept cent mille fois cent cinquante-trois millions de kilomètres, et pour la distance à la terre de la soixante et unième du Cygne cinq cent cinquante mille fois cent cinquante-trois millions de kilomètres.

[17] Voici, suivant M. Bravais, dans quel ordre diminuent les clartés des étoiles de première grandeur :

Sirius ;
Canopus (invisible à Paris) ;

Arcturus, *Alpha* du Centaure (invisible à Paris);
La Chèvre, Véga, Acharnar (invisible à Paris);
Béta du Centaure (invisible à Paris);
Rigel, Fomalhaut;
Procyon;
Antarès;
Aldébaran;
L'Épi de la Vierge, Pollux;
Regulus, *Alpha* du Cygne;
Alpha d'Orion, tantôt surpasse Rigel en clarté, et tantôt est moins
  brillante que Pollux.

[18] Les trois lois que Képler ne trouva (comme nous l'avons dit note 13)
que par induction, et dont la démonstration fut réservée à Newton, sont :

1°. Que les aires comprises entre le soleil et l'arc décrit par la planète,
sont proportionnelles au temps que la planète emploie à les parcourir;

2°. Que les planètes décrivent des ellipses;

3°. Que les carrés des révolutions des planètes sont comme les cubes
de leurs distances au soleil. Cette dernière loi donne donc les moyens de
déterminer la distance d'une planète au soleil, lorsqu'on connaît le temps
de sa révolution.

[19] Huyghens, le premier, employa le pendule à la construction des
horloges, et découvrit l'anneau de Saturne.

[20] Descartes, si grand par son livre de la *Méthode*, par sa métaphysique
et par ses découvertes en mathématiques, erra tout à fait dans son système des tourbillons dont la publication précéda les travaux de Newton.

[21] Clairaut, Euler et d'Alembert, en suivant des routes différentes,
parvinrent à la solution du fameux problème des trois corps, et dès lors
les perturbations des planètes en vertu de leurs attractions mutuelles
furent soumises au calcul.

[22] Les tables du Bureau des longitudes, qui règlent la route des marins,
sont calculées d'avance, d'après les théories modernes des géomètres.

[23] D'Alembert s'est principalement illustré par sa solution du problème
de la précession des équinoxes, d'où il résulte que les points équinoxiaux,
déterminés par la rencontre de l'écliptique et de l'équateur, parcourent le
ciel en vingt-cinq mille ans.

[24] L'observation des éclipses des satellites de Jupiter fit reconnaître à

Roemer que la lumière emploie huit minutes pour arriver du soleil à la terre.

[25] Il est à remarquer que c'est lorsqu'Euler perdit presque entièrement la vue, qu'il composa ses beaux mémoires sur la lumière.

[26] Lagrange, qui depuis Newton avait tant avancé la science par ses mémoires sur la libration de la lune et sur les mouvements des satellites de Jupiter, montrait qu'il était plus en état que personne de publier un ouvrage que réclamaient les progrès de l'astronomie depuis le livre des *Principes* de Newton. C'est au sujet de ce livre des *Principes*, qu'il disait avec ingénuité, que Newton avait eu le bonheur d'expliquer son système du monde, bonheur, ajoutait-il, qui ne se rencontre pas tous les jours ; et pourtant ce bonheur qui était en sa puissance, il le laissait échapper : Laplace travaillait alors à sa *Mécanique céleste*.

[27] La *Mécanique céleste* n'est comprise que par un petit nombre de géomètres ; mais je crois qu'en mettant les propositions dans un certain ordre, on parviendrait à rendre un ouvrage de ce genre aussi intelligible que le livre de Newton, traduit par Voltaire et la marquise Duchâtelet.

[28] Saïs, ville d'Égypte, située sur le Delta, est renommée par son temple de Minerve, où, tous les ans, cette déesse était honorée par des fêtes.

[29] Osiris, roi et conquérant de l'Égypte, y fit élever à Jupiter, dont il se disait le fils, plusieurs temples desservis par des prêtres.

[30] Les efforts alternatifs de Lagrange, de Laplace et de Poisson, en mettant en évidence l'invariabilité des grands axes et des moyens mouvements des planètes, ont prouvé la permanence du système solaire.

[31] Laplace a déterminé les conditions de l'équilibre des mers.

[32] Il existe des astéroïdes qui, bien que très-rapprochés de notre globe, échappent à la vue : tels sont ceux qui en très-grand nombre coupent l'orbite terrestre du 10 au 15 novembre et du 6 au 12 mai. Dans la seconde époque ils sont plus rapprochés de leur périhélie, et ils passent entre le soleil et la terre.

C'est à leur présence que, suivant M. Erman, sont dus ces temps pluvieux et ce refroidissement de la température, qui ont lieu depuis quelques années aux approches du mois de mai. On a aussi remarqué que c'est le temps où l'on voyait quelquefois tomber des aérolithes sur la terre.

[33] Les nébuleuses sont de petites blancheurs qui renferment des agglomérations d'étoiles presque imperceptibles, qu'Hipparque plaçait dans la

huitième classe de son catalogue, et qu'Herschel distribuait en huit sortes de grandeurs, selon l'intensité de leurs lumières.

34 Par suite de la petitesse de la parallaxe des étoiles fixes, qui atteste l'immense distance de ces astres à notre globe, on avait presque perdu l'espoir de pénétrer au delà de l'empire solaire, lorsque sir William Herschel, par sa théorie des étoiles doubles, nous introduisit dans les hauteurs des cieux, et confirma la loi de Newton. Regardant l'une de ces étoiles comme un satellite de l'autre, et favorisé par des méthodes nouvelles, il détermina pour quelques-unes de ces sortes de planètes, le sens de leur translation, les axes et les excentricités de leurs orbites, et le temps de leurs révolutions : c'est ainsi qu'on a reconnu que l'étoile secondaire d'*Éta* de la Couronne met quarante-trois ans à faire sa révolution, et qu'un satellite de *Zéta* du Cancer demeure cinquante-trois ans à accomplir la sienne; tandis que le satellite de *Gamma* du Lion, suivant M. Bravais, emploie environ mille ans à compléter une révolution autour de l'astre qui le régit.

Outre les étoiles doubles, il en existe encore de triples, comme *Zéta* du Cancer, de quadruples, etc.

Quant aux étoiles doubles, celles qui sont cataloguées et se trouvent comprises depuis le pôle boréal jusqu'au quinzième degré au-dessus de l'équateur, elles étaient, en 1834, suivant M. Arago (*Annuaire du Bureau des longitudes*), au nombre de 3057 sur à peu près 120000; et tout porte à croire que ce nombre s'augmentera, puisque ce n'est que depuis peu de temps qu'on s'occupe de les classer avec exactitude.

35 Herschel a également reconnu le mouvement du système solaire vers un point du ciel, dont, suivant M. Bravais, l'ascension droite est de 254°, et dont la déclinaison boréale est égale à 35°, ce qui place ce point dans la constellation d'Hercule.

36 Cavendish évalua la densité moyenne de la terre à cinq fois et demie celle de l'eau.

FIN.

Imprimerie Panckoucke, rue des Poitevins, 14.